Wuthering Heights

給孩子的第一本經典

Wuthering Heights

咆哮山莊

艾蜜莉・勃朗特 原著

晴天金桔 編著　Niksharon 插畫

親子圖文本

Introduction

導讀

愛恨交織的永恆名著

曾多次被改編為電影、電視劇及音樂劇的《咆哮山莊》，出自於著名的「勃朗特三姊妹」中的二姊——艾蜜莉．勃朗特。

一八一八年七月三十日，艾蜜莉出生於英國北部約克郡桑頓村一個貧困的牧師家庭。一八二〇年，艾蜜莉的父親前往氣候十分惡劣的豪沃斯任職，一家人定居在鄰近荒原的一處偏僻地方。艾蜜莉在那裡度過了她孤獨、短暫的一生，並完成了她唯一的一部小說——《咆哮山莊》。

一八四八年，因為哥哥布蘭威爾的過世，艾蜜莉深深受到影響，且於同年十二月鬱鬱而終，年僅三十歲。

艾蜜莉是個沉默寡言的人，她性格內向、孤傲，短暫的一生中從來沒有談過戀愛。然而，她卻寫出了一部充滿著強烈愛與恨的《咆哮山莊》！

一八四七年，這部作品剛出版時，曾遭受到猛烈的批判，被視為一部恐怖又令人不舒服的小說，而且在近半個世紀的時間裡，一直不為世人所理解。小說最大的爭議來自於冷酷、無情的男主角希斯克利夫，以及他所締造、統治的那個扭曲的、宛如地獄的世界。

艾蜜莉善於發掘人的內心世界，她不評論人物的道德、對錯，而是關注周圍環境對每個人的心理所帶來的影響，導致最後走向了不同的命運道路。

所幸，隨著時空演變，《咆哮山莊》的文學價值在現今得到認可，小說的結構、人物、主題、風格及象徵意義等，也引發讀者濃厚的興趣與關注。

Characters
人物介紹
奈莉・迪恩 女管家。
希斯克利夫
原是孤兒，兩歲時被咆哮山莊的老恩蕭先生收養。
洛克伍德
房客。
凱薩琳・林頓
（凱西、小凱薩琳）
埃德加與凱薩琳的女兒。

埃德加·林頓

因與凱薩琳·恩蕭結婚，讓希斯克利夫懷恨在心。

凱薩琳·恩蕭

與希斯克利夫相愛卻互相折磨，而後嫁給畫眉山莊繼承人。

伊莎貝拉·林頓

嫁給希斯克利夫，卻遭到虐待與報復。

辛德利·恩蕭

嫉妒希斯克利夫，經常欺負他而結下不解之仇。

人物關係圖

奈莉・迪恩（女管家）
洛克伍德（房客）
咆哮山莊
Earnshaw
畫眉山莊 Linton
畫眉山莊　林頓家族
咆哮山莊　恩蕭家族
凱薩琳・恩蕭
（妹）
希斯克利夫
（老恩蕭養子）
辛德利・恩蕭（兄）
法蘭西絲
埃德加・林頓
（兄）
伊莎貝拉・林頓
（妹）
哈里頓・恩蕭（兒子）
＊被希斯克利夫收養。
凱薩琳・林頓
／小凱薩琳／凱西（女兒）
林頓・希斯克利夫
／小林頓（兒子）

Contents
目錄

Contents

Wuthering Heights

第 1 章

拜訪咆哮山莊

我來「咆哮山莊」拜訪我的房東。

「希斯克利夫先生，我是洛克伍德，你的新房客，剛租下畫眉山莊。」

「進來！」他那張陰沉的臉看起來非常傲慢。進到屋裡，他丟下我和幾隻凶惡的狗，人就不見了。我對著狗做鬼臉，卻惹惱了牠們；牠們向我直撲而來，我嚇得大聲呼救。

希斯克利夫先生終於再度出現，他瞪了我一眼，說：「洛克伍德先生，讓你受驚了。我這裡很少有客人來，我和我的狗都不懂得該怎麼接待客人。」

隔天下午，我又來拜訪希斯克利夫先生。天空開始下雪，我敲了一會兒門，但一直沒人應聲。我抓住門把，用力搖晃。

僕人約瑟夫從穀倉的窗戶探出頭來，生氣的喊道：「主人在羊圈裡，你從穀倉這邊繞過去。」

「屋裡沒人嗎？」我也大聲喊道。

「除了太太沒有別人，不過，就算你鬧到半夜，她也不會開門。」

這時，出現一個年輕人，要我跟他走。進到屋裡，我見到了那位「太太」，便上前鞠躬問好。

「希斯克利夫太太，今天的天氣真是糟糕啊！」

「風雪這麼大，你本來就不該出門。」她站了起來，伸手去取茶葉罐。

這時我才看清她的身材和長相，我從沒見過如此美麗的女孩。

「是有人請你來喝茶的嗎？」女孩問。

「能喝一杯熱茶真是太好了。」

「是有人請你來的嗎？」她又問。

「沒有。」我笑著回答。

她生氣的把茶葉罐放回去。這時，那個年輕人又出現了，還站在壁爐前盯著我看。五分鐘之後，希斯克利夫進來了。

我們幾個人，包括那個粗野的年輕人，安靜的品嘗著茶點，氣氛十分沉悶。

「希斯克利夫先生，大多數人都無法想像，你這樣與世隔絕的生活有什麼樂趣。可是我覺得，你有這麼一位可愛的太太，像女神一樣守候著你和你的家……」

「我可愛的太太？她在哪裡？」希斯克利夫打斷我的話。

「我是說，希斯克利夫夫人，你的太太。」

「你是說，她的肉體死亡了，靈魂還在保佑著咆哮山莊？」

我這才發覺自己搞錯了，一個是四十歲左右的男人，一個是還不滿十七歲的女孩，兩人不像是夫妻。

坐在我身旁的那個大老粗，才是她的丈夫吧？對，他一定就是希斯克利夫先生的兒子。天哪！她竟然嫁給這樣一個粗人，太可惜了。

「希斯克利夫太太是我的兒媳婦。」希斯克利夫先生說，這證實了我的猜測。

「你真有福氣。」我對年輕人說。

我的話剛說完，年輕人卻漲紅了臉，一副想打人的樣子。

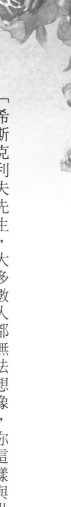

「她是我的兒媳婦，不過，她的丈夫死啦！」我的房東說。
「那麼，這位年輕人是？」
「我的名字叫哈里頓．恩蕭！」年輕人大吼著說。
享用完茶點，窗外的暴風雪越來越大。
「如果沒人給我帶路，我就回不了家啦！」我叫了起來。
這時，屋子裡只剩我和小希斯克利夫太太。
「可以請希斯克利夫先生派一位嚮導給我嗎？」
「派誰呢？他、哈里頓、齊拉、約瑟夫和我，你要哪一個呢？」
「山莊裡沒有男孩子嗎？」
「沒有。」
「那麼，我只好在這裡過夜了。」
希斯克利夫嚴厲的聲音從廚房那邊傳來：「我沒有為客人預備床鋪，你要過

夜的話，只能跟哈里頓或約瑟夫睡一張床。」
「我可以睡在客廳的椅子上。」我說。
「不行！」
聽見他無禮的回答，我忍不住氣沖沖的跑到院子。周圍一片漆黑，根本看不見出口，正在亂轉的時候，我聽見他們的說話聲。
「我只陪他走到樹林那裡。」哈里頓說。
「那誰來照顧馬呢？」他的主人喊道。
「一個人的命總比一晚沒人照顧馬重要吧。」小希斯克利夫太太說。
「不用你來命令我！」哈里頓大聲對她喊道。
「但願他的鬼魂來纏住你！希望直到畫眉山莊塌了，希斯克利夫先生也找不到第二個房客。」
「聽，她在詛咒他們啦！」約瑟夫說。
我一把搶過哈里頓的燈，跑到最近的一個門。一推開門，兩隻毛絨絨像怪物

般的狗就朝我直撲過來，我驚慌得腳一滑，跌倒了，燈也滅了。

希斯克利夫與哈里頓大笑起來，這讓我非常憤怒。就在這個時候，健壯的廚娘齊拉趕緊跑出來，對我說：「你別生氣。我來幫你。」說完，她把一桶冰水倒在我的脖子上，又把我拉進廚房。

齊拉依照主人的吩咐，給了我一杯白蘭地，等我恢復了一些，才帶我去睡覺。她帶我上樓的時候，叮嚀我不要發出聲音，因為她的主人從不讓人住那間臥室。

關上房門後，我發現房間角落堆著幾本發霉的書，窗臺上也刻滿了大大小小的字跡，都是同一個名字——凱薩琳．恩蕭，有的地方又變成了「凱薩琳．希斯克利夫」或「凱薩琳．林頓」。

我翻閱著窗臺上的書，上面看來像是評語的字跡歪歪扭扭的，一看就是小孩子寫的。

我對這位沒見過面的凱薩琳產生了興趣，開始閱讀她那已經褪色的字跡。

今天下著大雨，我們沒辦法去教堂，約瑟夫就把大家聚集在閣樓上做禮拜。辛德利和他太太法蘭西絲在樓下烤火，而希斯克利夫和我，只能乖乖爬上閣樓去祈禱。禮拜進行了整整三個鐘頭，可是，我那殘暴的哥哥看見我們下樓的時候，竟然大罵：

「這麼快就結束啦？你們忘記家裡還有個家長啦！誰惹我發脾氣，他就是活得不耐煩了，我絕對不允許有任何的吵鬧。」

為了不弄出聲響，我們只好蹲在餐桌下。我才剛把綁在一起的餐巾掛起來當布幕，約瑟夫就跑來給了我一個耳光，還大罵：

「主人才入土，安息日還沒有過完，你們居然就敢玩耍！」說完，他塞給我們沒用的經文，強迫我們坐好、看書。

我把書扔到狗窩，希斯克利夫也照做。

辛德利衝了過來，抓起我們，丟到後面的廚房。

這件事凱薩琳就寫到這裡，接下來她又說起另一件事，變得傷感起來。

辛德利罵希斯克利夫是流氓，不許他跟我們一起坐、一起吃飯，也不許他和我一起玩了。假如我們敢違抗命令，他就要把希斯克利夫趕走。

這時，我開始打盹，並做起夢來——

我躺在橡木櫃子裡，聽見狂風的怒吼，樹枝也不斷發出惱人的聲音。

「我非制止這聲音不可！」

我一拳打爛了窗戶玻璃，伸出一隻手去抓樹枝，沒想到卻碰到了一隻冰涼小手的手指頭！

我想把手縮回來，可是被那隻小手緊拉住不放，這時還傳來一個淒慘的聲音，說著：

「讓我進來吧！讓我進來吧！」

「你是誰？」我問。

「我是凱薩琳．林頓，我回來啦！」

一張小孩的臉向窗戶裡探望，簡直快把我嚇瘋了。

「你要我放你進來，就要先放開我！」小手指果然鬆開了，我急忙把手抽回來，再把書堆得高高的抵住窗戶。

「走開！我決不會放你進來，你就是求我二十年也沒用。」

「我已經在外面流浪二十年了！」那淒慘的聲音哭訴著。

外面響起了一陣輕微的聲音，那堆書也晃動起來，好像有人要把它往裡推。

我想跳起來，可是四肢不能動，只能恐懼的大聲叫喊。

一陣急促的腳步聲走近我的房門，門被用力推開了。

「這裡有人嗎？」我聽出是希斯克利夫的聲音。

「是我，先生。我做了一個惡夢，忍不住大叫起來，很抱歉驚擾了你。」

「上帝懲罰你吧，洛克伍德先生！誰帶你到這間屋子來的？」

「是你的女僕齊拉。她根本就是在利用我，好證明這個屋子鬧鬼。」

「你這是什麼意思？」希斯克利夫問。

「那個凱薩琳．林頓，或是恩蕭，不管她姓什麼吧……她告訴我，她在荒原上流浪了二十年。」

希斯克利夫大吼一聲，拚命敲著自己的額頭。

「洛克伍德先生，你到我的屋子裡去吧！」

「我不想睡了，我要去院子散散步，天一亮就走。」

「你愛去哪就去哪吧！」希斯克利夫說。

我走出房間，無意間卻看見我房東的迷信舉動。他打開窗戶，熱淚從眼眶噴出。

「進來吧！」他一邊哭泣，一邊輕聲呼喚。「凱薩琳，來吧！再來一次吧！啊，我親愛的！這次你就聽我的吧，凱薩琳，至少聽我一次吧！」

知識加油站

爭議作品變身世界經典小說？

《咆哮山莊》在一八四七年首次出版時，因為內容黑暗，當時的評論家給了這本小說非常兩極的評價，可說是非常具有爭議性的作品。不過，隨著時間推進以及文學審美觀的轉變，《咆哮山莊》在現代已經變成了極具代表性的經典小說。

★被譽為「世界十大小說之一」，與《李爾王》、《白鯨記》並列英語文學三大悲劇。

★諾貝爾學院選為世界文學的一百部經典文學作品。

★紐約公共圖書館票選「歷史上最偉大的愛情故事」第一名。

Wuthering
咆哮山莊 Heights

Wuthering Heights

第 2 章

故事的起點

艱困的在茫茫雪地摸索回到畫眉山莊後，我已癱軟得像隻小貓。直到迪恩太太送來晚飯時，我又向她打聽起山莊的情況。

「你在這裡住很久了吧？」我問。

「十八年了。我是在小姐出嫁時跟著過來照顧她的，她去世後，主人留下我當管家。」

「希斯克利夫為什麼要出租畫眉山莊，自己卻住在地點與屋況都比較差的咆哮山莊？」

「他其實可以住在比這更好的房子，可是他很吝嗇。我不懂一個人怎麼會這麼愛錢，他在世上又沒有任何親人！」

「他好像有過一個兒子？」

「是呀！但是已經死了。」

「那位年輕的希斯克利夫太太，是他的媳婦吧？」

「是的。凱西就是我已故主人埃德加．林頓的女兒！她以前的名字叫凱薩琳．林頓，是我把她帶大的！」

「什麼？凱薩琳．林頓！」我吃驚的喊道。但是仔細一想，立即明白她應該不是那個幽靈凱薩琳。

我接著問：「那麼，畫眉山莊以前的主人是林頓家族？」

「是啊！」

「那位哈里頓．恩蕭又是什麼人呢？」

「他是已過世的林頓夫人的侄子。」

「他是那位年輕的希斯克利夫太太的表哥？」

「是的。她的丈夫則是她的表弟——因為希斯克利夫娶了林頓先生的妹妹，而她嫁給了他們的兒子小林頓。也就是說，哈里頓是她舅舅的兒子，小林頓則是她姑姑的兒子。」

「我在咆哮山莊看見大門上刻著『恩蕭』，這是個古老的家族？」

「非常古老。哈里頓是那個家族的最後一個人，就像凱西小姐也是林頓家族的最後一個。你去過咆哮山莊嗎？我很想知道她的近況。」

「希斯克利夫太太嗎？她氣色很好，也很漂亮，可是看起來並不快樂。」

「你覺得那位主人怎麼樣？」

「一個粗暴的傢伙。他的性格一向就是這樣嗎？」

「像鋸齒一樣粗暴，像岩石一樣堅硬！你最好少跟他打交道。」

「你知道他的經歷嗎？」

「除了他在哪裡出生、父母是誰，以及他當初是怎麼發的財，其他的我都知道。」

「迪恩太太，告訴我一些這個鄰居家的事吧。」

於是，迪恩太太開始講起了往事——

來到畫眉山莊之前，我一直住在咆哮山莊。辛德利・恩蕭先生——哈里頓的父親，就是我母親一手帶大的。

某個夏天的清晨，主人老恩蕭先生對兒子說：「今天我要去利物浦，想要我幫你買什麼禮物？」

辛德利說，他要一把小提琴。老主人又問凱薩琳小姐，她要了一根馬鞭。然後，他親親孩子，說了聲再見就上路了。

第三天晚上，大約十一點鐘時，老主人回來了。他一邊說累壞了，一邊解開裹成一團抱在懷裡的大衣。

大家圍攏過去，我的視線越過凱薩琳小姐的頭，望見了一個小男孩！那個長著一頭黑髮的孩子骯髒不堪，穿得破破爛爛，大約是剛剛能說話、會走路的年齡，可是那張臉看上去比凱薩琳還要老氣。

恩蕭太太質問恩蕭先生為什麼把一個野孩子帶回家來，不是已經有兩個孩子需要撫養了嗎？原來，老主人在利物浦大街上發現了

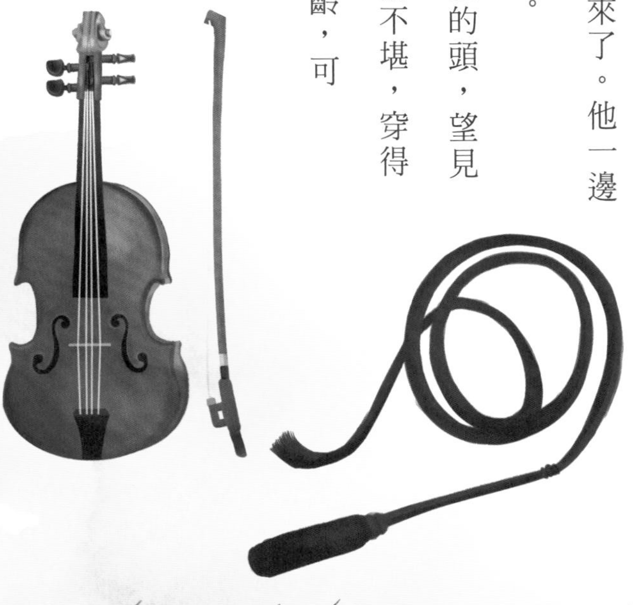

那個流浪的孩子，因為可憐他，就帶了回來。

辛德利和凱薩琳等到父母不再爭吵後，馬上奔向父親，翻他的口袋，找他們的禮物。

可是，辛德利從父親大衣裡掏出那把壓得粉碎的小提琴時，竟然放聲大哭了起來；凱薩琳得知父親為了照顧這個陌生的孩子而弄丟了她的馬鞭時，也把一股怒氣發洩到那個蠢東西身上，還朝他吐口水。

她的父親賞了她一記響亮的耳光，算是給她一個教訓。

這就是希斯克利夫最初來到咆哮山莊時的情形。

雖然，凱薩琳小姐後來跟他很要好，辛德利卻還是恨他。老實說，我也恨他，於是我和辛德利就可恥的折磨他、欺負他。

不到兩年，恩蕭太太去世了。那時，小主人辛德利已經把父親看成一個壓迫者，把希斯克利夫當作一個奪走他的特權和父愛的人，而且他一直無法忘記自己

受到的傷害，變得十分刻薄。

時光匆匆流逝，十月的一個晚上，老恩蕭先生結束塵世煩惱的時刻終於來臨。他坐在壁爐邊的椅子上烤火，就這樣悄悄的離開人世了。

已經離家三年的辛德利回家奔喪時，帶回來一位太太，這件事令左鄰右舍議論紛紛。一開始，辛德利的太太法蘭西絲跟凱薩琳有很多話聊，還送她許多禮物。但是，沒過多久，她的熱情就消退了。

當她脾氣變壞的時候，辛德利也變得無理起來。她說不喜歡希斯克利夫，辛德利就把他趕到僕人那兒，強迫他跟山莊其他的小夥子在田裡工作。

這個孩子起初還能忍受，因為有凱薩琳教他讀書，陪他在田地裡工作、玩耍。對於他們的舉動，辛德利本來不管，不過，當約瑟夫和助理牧師見他們沒去教堂，責備辛德利不該放縱他們時，這才提醒了他給希斯克利夫一頓鞭打、讓凱薩琳餓一頓午飯或晚飯。

一個星期天晚上，他們因為一個小過失被趕了出去，我去叫他們吃晚飯時，卻到處都找不到他們。辛德利發火了，他要我們栓上大門，命令今夜誰也不許放他們進來。

我焦急得不得了，便打開我房間的窗戶，伸出頭去傾聽。過了一會兒，我聽見路上有腳步聲，急忙跑去開門，但是只見到希斯克利夫一個人。

「凱薩琳小姐在哪裡？」我著急的問。

「她在畫眉山莊。」他回答。

「你們為什麼跑去畫眉山莊？」

「我們想去看看林頓家星期天晚上是怎麼過的——我們跑到畫眉山莊，手扶著窗臺，看見了屋內的情況——啊，多美啊！真是一個金碧輝煌的地方！埃德加和他妹妹伊莎貝拉因為爭著抱一隻小狗而吵架，後來兩個人都哭了；一番搶奪後，兩人又都不肯要那隻小狗了。我們笑了起來，這兩個寶貝蛋真讓人瞧不起！」

「你還沒有告訴我，怎麼會把凱薩琳丟在畫眉山莊呢？」我繼續追問。

「我說過，我們笑了。」說著，希斯克利夫道出了事情的經過：

林頓兄妹聽見我們的笑聲，衝到門口，大聲喊叫了起來：「啊！媽媽！爸爸！快來呀！」我抓住凱薩琳的手，拖著她跑，忽然，她跌倒了。

「快跑，希斯克利夫！」她小聲的說，「他們放了牛頭犬，牠咬住我了！」我撿起一塊石頭，拚命把石頭往狗的喉嚨裡塞。

這時，一個傭人把狗叫開，然後把凱薩琳抱起來。那時，她已經昏過去了。傭人把她抱進屋裡，我跟在後面，嘴裡咒罵著報仇的話。

「抓到什麼啦？羅伯特！」林頓先生站在門口喊。

「先生，斯考克捉住了一個小女孩，」羅伯特回答，「還有這個男孩。」說著，他一把抓住了我。

「真是大膽，竟敢闖到一位地方長官的家裡來！」林頓先生說。

林頓太太一臉驚慌，那兩個膽小的孩子也躡手躡腳走近了些。他們正在審查我時，凱薩琳醒了過來。埃德加．林頓認出了她。儘管我們很少在別的地方碰面，但是他們在教堂見過我們。「那是恩蕭小姐！」他低聲對母親說。

「竟然有這麼不負責任的哥哥！放任自己的妹妹到處亂跑。」林頓先生高聲說道，又轉頭看著我。「這個人又是誰？哼！我知道了，他一定是我那已故的鄰居去利物浦旅行時帶回來的奇怪東西。」

接著，他們要我離開畫眉山莊。可是，沒有凱薩琳我是不會走的，於是他們把我拖到花園，還說一定要把我的行為通知恩蕭先生，然後關上了門。凱薩琳安靜的坐在沙發上，他們對待她和我的態度大不相同。女僕端來一盆溫水替她洗腳，林頓先生調製了一杯甜酒，伊莎貝拉把滿滿一盤餅乾放在她的腿上，埃德加則站得遠遠的，張開嘴傻傻看著。後來，他們把她美麗的頭髮擦乾、梳好，拿來拖鞋給她，還用輪椅把她推到壁爐旁。我看見她高高興興的把食物分給小狗和斯考克，斯考克吃著東西時，她還捏牠的鼻子——這時，我看到林頓一家人臉上都露出讚美的神情，便獨自離開了畫眉山莊。

第二天早上，林頓先生為了此事親自拜訪咆哮山莊，還要年輕的主人好好管理家務。這一次，希斯克利夫沒有挨鞭子，可是得到警告：不許再跟凱薩琳小姐說話，否則馬上讓他滾出家門。

動手畫畫看

畫出你的夢想家園！

故事中的房客洛克伍德，因為在畫眉山莊租屋，偶然間揭開了兩個家族的恩怨過往。你是否曾經思考、想像過，自己的夢想家園是什麼樣子？你想居住在什麼樣的地方呢？現在就拿起畫筆，畫出來與大家分享吧！

Wuthering
咆哮山莊 Heights

Wuthering Heights

第3章

決裂

凱薩琳在畫眉山莊住了五個星期，回到咆哮山莊時，她不再是一個粗野的小女孩，而是一個非常高貴的少女。

她四下找尋希斯克利夫。當希斯克利夫看見走進屋裡的是一位漂亮、優雅的小姐，覺得自己配不上她，馬上就躲到高背椅後面。可是凱薩琳一眼就發現了，她飛奔過去擁抱他，在他臉上親了七、八下，開心的大笑起來：「嗨！瞧你多髒，還緊繃著臉！你把我忘了嗎？」

因為羞恥和自尊，希斯克利夫臉上籠罩著陰影，他想要衝出人群，凱薩琳卻拉住了他。

「我沒有取笑你的意思呀！可是你真的很髒嘛！」

「我高興多髒就多髒，我喜歡髒，我就是要髒！」說完，希斯克利夫就衝到屋外去。

恩蕭夫婦邀請林頓兄妹第二天來咆哮山莊，他們接受了邀請；不過，林頓太

太請求不要讓那個「下流、粗野的男孩」接觸她的寶貝兒女。

第二天，希斯克利夫一早就起來了，他高聲對我說：「奈莉，把我打扮得整潔些，我要學好啦！」

「你已經傷了凱薩琳的心啦！今天早上，我說你又不知道跑去哪裡了，她就哭了。」

「我昨天晚上也哭了。」他回答。

「等她回來，你一定得道歉，不要因為她穿了漂亮的衣服就變成陌生人。再說，埃德加．林頓和你比起來，就像一個洋娃娃——你一下子就能把他打倒。」

希斯克利夫的臉頓時開朗起來，但隨後又陰沉下來，他歎了口氣：「就算我打倒他二十次，他也不會變難看，我也不會變漂亮。我恨不得自己能穿著漂亮的衣服、舉止優雅，將來變得和他一樣有錢！」

「只要心地善良，相貌自然就會變得好看。」我說。

這時候，林頓一家人來了。凱薩琳一手牽著一個，把林頓兄妹帶到客廳裡。

我催促希斯克利夫趕快出去，讓大家看看他的改變。他剛打開通往客廳的門，卻和辛德利碰了個正著。

辛德利把他推了回去，怒沖沖吼道：「滾開，你這個流氓！想打扮成一個王子嗎？等著瞧吧，等我抓住你那些捲髮，看會不會把它拉長一點！」

「已經夠長啦！」埃德加．林頓從門口向裡面張望，插嘴說道，「垂在眼睛上就像馬鬃！」

希斯克利夫無法容忍別人的取笑，何況他還把林頓少爺視為情敵。他順手抓起一盆熱蘋果醬向對方潑去，那孩子馬上哭喊起來。

伊莎貝拉和凱薩琳連忙跑過來，辛德利氣急敗壞的把他拖進了自己的臥室，狠狠教訓了一頓。

筵席擺上桌後，凱薩琳叉起一塊肉送到嘴邊，隨後又放下，她的眼淚湧了出來。我看得出她一整天都在受罪，而且想找個機會脫身，去看望希斯克利夫——

他被主人關起來了。

晚上舞會時，凱薩琳請求哥哥把希斯克利夫放出來，但是沒有得到允許。之後，她說希望在樓上欣賞樂隊演奏，於是摸黑上了樓，我也跟了上去。

她一直走到禁閉希斯克利夫的閣樓，然後要我把他帶到廚房去。我帶他下樓，拿了一大堆好吃的給他。可是他吃得很少，只是低頭沉思著。

我問他在想什麼，他嚴肅的說：「我在想如何向辛德利復仇。」

「懲罰惡人是上帝的事，我們應該學會寬恕他人。」

「不，我會復仇的。」他回答。

隔年六月的一個早晨，哈里頓誕生了。不久，辛德利太太因為肺癆病去世，辛德利也變得脾氣暴躁，過著荒唐、放浪的生活，這讓希斯克利夫更加幸災樂禍。而十五歲的凱薩琳已長成一個傲慢、任性的漂亮女孩，即使希斯克利夫對她哥哥充滿敵意，她仍然喜愛他，一點也沒有改變。

凱薩琳一直和林頓一家人有來往，並贏得了伊莎貝拉的愛慕和她哥哥的心。

一天下午，辛德利先生出去了，希斯克利夫問：「凱薩琳，下午有事嗎？你想去什麼地方嗎？」

「不，在下雨呢。」她回答。

「今天我不去工作了，我要跟你在一起。」希斯克利夫說。

「可是，約瑟夫會去告狀的，你最好還是去吧！」

「約瑟夫要忙到天黑才回來，他不會知道的。」

「伊莎貝拉和埃德加今天下午要來，既然下雨了，他們不一定會來吧？不過他們要是真來了，你可能又要挨罵了。」

「叫奈莉去回絕他們，就說你有事。看看牆上的日曆吧！那些打叉的日子是你跟埃德加一起共度的傍晚，畫小圓點的則是跟我在一起。我每天都會做記號。」

「真無聊。這又能表示什麼呢？」凱薩琳沒好氣的說。

「好讓你知道，我都有留意著這些事呀！」希斯克利夫說。

「我應該一直陪著你嗎？你說過一句讓我高興的話嗎？做過什麼讓我開心的事嗎？」凱薩琳質問著。

「以前你從來沒有嫌我話太少，或是不喜歡和我做伴。」希斯克利夫激動的叫起來。

這時，埃德加從大門進來了，於是，希斯克利夫從另一個門走出去。

「我沒太早來吧？」埃德加問，然後看了我一眼。我正在屋子裡擦盤子、清理櫥櫃。

「沒有。」凱薩琳回答後又問我：「你在做什麼，奈莉？」

「做我的工作，小姐。」（辛德利曾吩咐我，如果埃德加獨自來見凱薩琳，我得和他們待在一起。）

「拿著你的抹布到外面去。」凱薩琳走到我身邊，低聲說。

「抱歉了，凱薩琳小姐。」我回道，然後繼續做我的事。

她從我手裡把抹布搶了過去，使勁掐著我的手臂不放，我馬上大聲叫嚷：

「小姐，你沒有權利掐我！」

「誰碰你了？」她氣得滿臉通紅。

「這是什麼？」我指著手臂上一塊明顯的瘀痕。

沒想到，氣急敗壞的凱薩琳竟然狠狠給了我一巴掌。

「凱薩琳！」埃德加目睹自己喜歡的女孩又撒謊又打人，大為震驚。

「給我出去！奈莉。」凱薩琳厲聲說。

坐在地板上的小哈里頓看見我流淚，也「哇！哇！」大哭起來，嘴裡還不停說著：「壞姑姑凱薩琳！」

凱薩琳轉而抓住他的雙肩，狠狠的搖晃。埃德加急忙去救孩子，不料卻被甩了一記耳光。他臉色蒼白，嘴唇不停的顫抖，轉身就要離開。

她握緊門把，說：「你不能氣呼呼的一走了之，那樣我整夜都會很難過的！」

「你打了我，你讓我害怕，我不會再到這裡來了！」埃德加說。

「我又不是故意的！好吧！要走就走！隨你的便——」凱薩琳跪到一張椅子前，痛哭了起來。

埃德加猶豫了，他走到院子時猛的一轉身，又回到屋裡來。

晚上，我在廚房哄哈里頓入睡時，發現希斯克利夫躺在高背椅後那張靠牆的長椅上，他躲在陰影中，不吭一聲。

這時，凱薩琳探頭進來：「你一個人嗎？奈莉。」

「是的，小姐！」

「希斯克利夫呢？」

「在馬廄工作。」

希斯克利夫並沒有出聲糾正我，他可能睡著了吧！

「今天埃德加．林頓向我求婚了，請你告訴我，究竟該怎麼辦？」

「說真的，凱薩琳小姐，我怎麼會知道呢？不過，我覺得拒絕才是明智的決

定。今天下午你當著他的面發了一頓脾氣，他竟然還向你求婚，他要不是一個沒出息的傻瓜，就是一個不計後果的笨蛋。」

「我答應他了，奈莉。」

「你接受了？那還討論什麼呢？」

「可是，我該不該這麼做？」凱薩琳急躁的搓著雙手。

「你愛他嗎？」

「當然。他英俊、瀟灑，將來會很有錢，我將會成為這一帶最尊貴的女人。」

「那麼事情不就結了，你嫁給埃德加好了。」

「可是你還沒有告訴我，我做得對不對？」

「你哥哥一定會很高興，老林頓夫婦也不會反對。你將逃離一個亂七八糟的家，嫁到一個富裕、有聲望的家庭，一切看起來都很好。那麼，問題在哪呢？」

凱薩琳拍著胸，說：「在我的心靈深處，我感覺到我錯了！嫁給埃德加．林頓，就像我並不適合到天堂去一樣。但是，假如我嫁給希斯克利夫，則會貶低我的身分。」

這時，我感覺到有個人影晃過，回過頭一看，希斯克利夫正從長椅上站起來，一聲不響的出去了。

原來，他一直在聽我們說話，當聽到凱薩琳說嫁給他就會貶低身分時，他再也聽不下去了。

這時，凱薩琳因為坐著，被高背椅子擋住，沒有看見他在這裡，也沒有看見他離開。

她繼續說道：「如果我和希斯克利夫結婚，我們就得去要飯。但是嫁給埃德加，我就可以幫助希斯克利夫挺起胸膛做人，再也不必受到我哥哥的欺辱了！」

我對凱薩琳說，她說的話，希斯克利夫可能都聽到了。她吃驚的跳起來，慌忙跑出去找希斯克利夫。

後來下起了滂沱大雨，凱薩琳淋全身都溼透了，仍然找不到他。她在雷雨中高喊著「希斯克利夫」，放聲大哭起來……

那個暴風雨之夜後，希斯克利夫就失蹤了，音訊全無。

埃德加·林頓在他父親去世三年後，和凱薩琳一起走進了吉姆屯教堂，兩人成為夫妻。

Wuthering Heights

第 4 章

復仇的第一步

凱薩琳小姐嫁到畫眉山莊，我也跟著一起過來了。

九月的一個黃昏，我正在花園摘蘋果，忽然，身後傳來一個男人的聲音：「奈莉，是你嗎？」

那是個低沉的外鄉口音，但是聽起來十分熟悉。這時，一縷月光照在他的臉上，我記起了這雙眼睛。

「真的是你嗎？你回來啦？」

「是我，希斯克利夫。她在嗎？我要跟她說句話。」他回答。

「真的是希斯克利夫？你變得我都認不出來了！」我大聲說。

「快去幫我送口信吧！」他不耐煩的打斷我的話。

我把希斯克利夫帶到客廳。凱薩琳開心的奔上前去，拉著他的雙手，來到埃德加面前。然後，她抓過丈夫的手，硬塞到希斯克利夫的手中。

「埃德加，希斯克利夫回來啦！我知道你不喜歡他，但是為了我，你們現在得做朋友。」凱薩琳興奮的說。

這個時候，我驚訝的發現，希斯克利夫徹徹底底改變了。現在，他已經是一個成熟的男人，有著一張充滿才智的臉。

「狠心的希斯克利夫！你竟然一去就是三年，而且音信全無，從來沒有想過我的感受！」凱薩琳叫道。

「我聽說你在不久前出嫁了。當初我走了，你真的難過嗎？自從離開你之後，我一直苦苦打拚，如今總算熬過來了。你要原諒我，我付出的全部努力都是為了你！」希斯克利夫小聲嘀咕著。

那天晚上，希斯克利夫在畫眉山莊只待了不到一個鐘頭。臨走時，我問他是不是到吉姆屯去。

「不，我到咆哮山莊去。今天早上我去拜訪了辛德利先生，他請我去那裡住。」

希斯克利夫走後，我想著，他回來是不是想做什麼壞事？而且有一種不祥的預感。

「他去咆哮山莊了。你有什麼想法？」我問凱薩琳。

「他解釋過了。為了打聽我的消息，他去了咆哮山莊。當時，屋子裡有幾個人正在賭牌，希斯克利夫也加入牌局。我哥哥輸了一點錢給他，又發現他有很多錢，於是請他晚上再去，他也答應了。辛德利根本沒想過，是不是該提防一個從前被他虐待的人。不過，希斯克利夫對我說，他會願意和一個從前傷害過他的人打交道，無非是因為那裡離畫眉山莊近，我們可以經常探望彼此。他還打算拿出一筆數目不小的錢，做為住在山莊的租金。辛德利是個見錢眼開的人，一定也會答應。」

出乎意料的是，當時，已經是十八歲少女的伊莎貝拉小姐，對希斯克利夫突然產生了一種不可抗拒的愛慕之情。她整日心神不寧，脾氣也變得很糟，動不動就和凱薩琳吵架。

「我對你太壞？這話從何說起呢？」凱薩琳聽了她的指責，吃驚的叫嚷起來。

「昨天，我們去荒原上散步，你把我打發走，然後跟希斯克利夫先生一起到處逛！」伊莎貝拉抽泣著。

凱薩琳笑了起來：「我只是認為，你對希斯克利夫的談話不會有興趣。」

「你明明知道我喜歡留在那裡，卻故意要我走開！我只是想要跟他在一起嘛！」說著，伊莎貝拉哭起來。

「你不可能得到希斯克利夫的愛慕！」凱薩琳驚訝的大聲說道。

「如果你肯放手，他會愛上我的！」

「傻孩子，他絕對不會愛上林頓家的任何一個人，但是會為了你的財產繼承權和你結婚。這就是我所認識的希斯克利夫！」

伊莎貝拉聽完，憤怒的瞪著凱薩琳。

「你不相信我？」凱薩琳說。

「忘了他吧！小姐。你想想，他離開後的那段日子是怎麼過的？又是怎麼發的財？他為什麼要住在咆哮山莊，住在他所痛恨的人家裡？聽說，自從他到了那裡，辛德利先生越來越墮落了，不但經常徹夜喝酒、賭博，還把他的地都抵押出去了。」我說。

「我才不聽你們這些誣衊和誹謗的話呢！」伊莎貝拉說。

第二天，希斯克利夫趁著埃德加不在，前來拜訪。

「你來得正是時候。伊莎貝拉一直在暗地裡想著你呢！現在，就看你願不願意做埃德加的妹夫了。」凱薩琳開心的說。

「你說的不是真的吧？」

「我保證說的全是實話。」凱薩琳回答

「她是她哥哥的繼承人吧？」希斯克利夫問。

「你別打什麼壞主意，林頓家的財產是我的。」

「如果是我的，那還不是一樣？」希斯克利夫說。

他們後來沒有再提這件事，也許凱薩琳說完就忘了，可是我卻真切的感覺到，希斯克利夫一直在想著這件事。

希斯克利夫再次來訪的時候，伊莎貝拉小姐正在院子裡餵鴿子。他向四周掃視一下，發現沒有人，便一把抓住她的手臂，把她摟進了懷裡。

「你這個心術不正的騙子！」我看見後，大聲喊叫起來。

「你在說誰呀？奈莉。」凱薩琳的聲音從我身後傳來。

「說你那個令人討厭的朋友呀！他背地裡在向小姐求愛！」我激動的說。

凱薩琳也看見了伊莎貝拉從他的懷裡掙脫出來。

過了一會兒，希斯克利夫推開廚房的門進來。凱薩琳大喊：「希斯克利夫，我說過不許你去碰伊莎貝拉！別打她的主意！」

「這跟你有什麼關係？你嫉妒了嗎？我要讓你看看，很快我就會報仇雪恨了！」希斯克利夫也大吼。

我趕緊跑去找埃德加，把兩人大吵和事情的經過全都告訴了他。他非常不高

興，下樓來找凱薩琳與希斯克利夫，三人又吵得不可開交，鬧得幾乎就要動手了。

那天的瘋狂吵鬧後，伊莎貝拉天天在花園裡走來走去，含著淚不發一語。她的哥哥則躲進書房，把自己埋在書堆裡，可是一本書也沒打開過。

凱薩琳幾天來都沒吃任何東西，似乎決心要絕食。她原本就在發燒、昏迷，現在變得更瘋狂了。

埃德加進房間來看她，立刻感到一陣刺骨的寒氣。「凱薩琳病了？」他著急的問。

「她一直在發脾氣，還把自己關在房裡好幾天，一點東西也沒吃。」我說。

凱薩琳憔悴的病容，讓埃德加驚慌失措，頓時說不出話來。他把妻子抱在懷裡，痛苦的望著她。

「是你嗎？埃德加。你就是那種用不著的時候出現，需要時卻怎麼也找不到的東西！」凱薩琳生氣的說。

「你怎麼啦？難道我在你心裡無足輕重嗎？你是愛那個壞蛋希——」

「住口！」凱薩琳大喊，「你再提那個名字我馬上從窗戶跳出去，結束這一切。我和你已恩斷情絕！」

「她神志不清了，整個晚上都在胡言亂語。」我趕緊插嘴。

埃德加反而責備我，說：「這三天來，你都沒跟我提過她的情況！一個生了幾個月大病的人，也不會像她一樣變得這麼糟糕呀！」

後來我在吉姆屯遇見坎尼斯大夫，他說，凱薩琳這是舊病復發，恐怕有生命危險。

「她的病一定還有別的原因。最近山莊裡出了什麼事嗎？」坎尼斯大夫問。

「這次生病是從一場爭吵開始的。她先是大吼大叫、狂怒不已，之後就昏了過去。後來她拒絕吃東西，現在時而胡言亂語，時而陷入妄想狀態，腦子裡充滿各種稀奇古怪的念頭和幻想。還有，希斯克利夫三天兩頭就往這裡跑，還打起了林頓小姐的主意。」我說。

「林頓小姐可是個聰明的小傢伙，她把你們都騙了。我得到的可靠消息是，昨天夜裡，她和希斯克利夫一起散步了兩個多鐘頭，他逼迫她不要再回去，騎上馬跟他私奔！據說，她當時答應等下次見面時就跟他走，他這才罷休。至於會約在什麼時候，報告消息的人沒有聽見。你要提醒林頓先生，讓他留心一點！」坎尼斯大夫說。

聽到這個消息，我心裡充滿了恐懼，急急忙忙奔了回去。我衝進伊莎貝拉的房間，裡面空蕩蕩的，我的懷疑果然得到了證實。

DIY手作樂

四葉幸運草書籤

有時候，雖然已經很努力了，但還是會遇到不如意的事。例如考試成績不理想，和朋友、同學吵架，或是被老師、爸媽罵……這個時候，除了反省、找出問題，也可以利用一些開運小物來讓心情變好喔。可愛的四葉草書籤，不但實用又可帶來小幸運，現在就一起動手做吧！

材料：

7.5×7.5 公分正方形色紙 4 張（一般標準尺寸色紙的 1/4 大小）

＊你也可自己決定尺寸大小。

---

1 紙張上下對摺，有顏色或圖案的那面朝外。

2 左右對摺。

3 摺出摺線後再打開。下面往中線對摺。

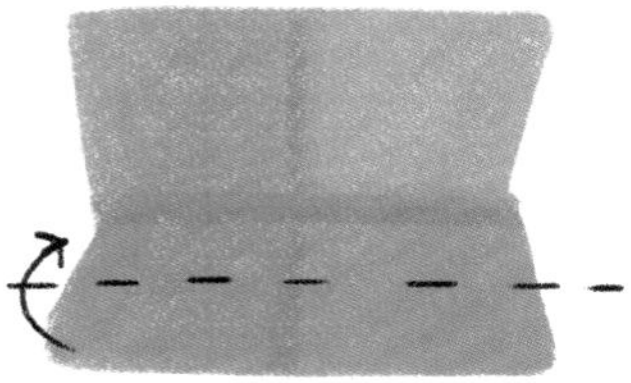

4 翻面，下方兩個角都向上摺。

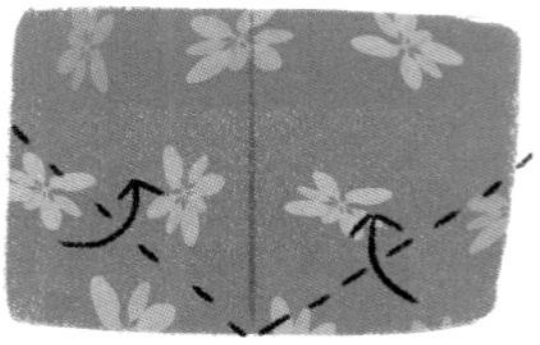

摺好的樣子

how to make

5 翻面，向上對摺。

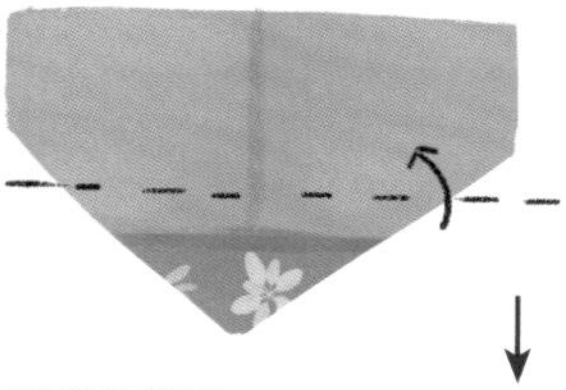

摺好的樣子

6 翻面後，下方開口向下打開，再壓平。

7 左、右兩個角再向上摺。

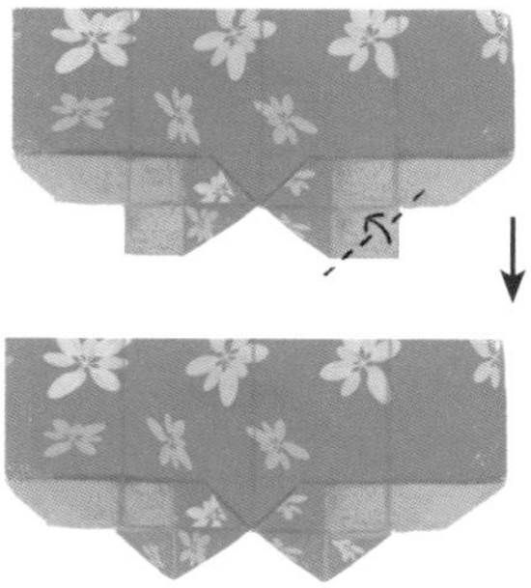

摺好的樣子

8 向上翻面，讓尖角朝上。

9 再翻面，左、右兩邊向中間對摺。

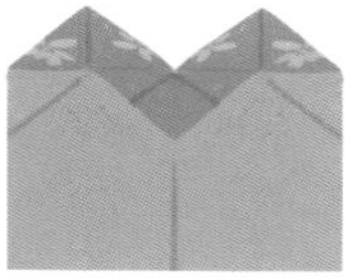

摺好的樣子

how to make

10 翻回正面，心形完成！

不喜歡愛心尖尖的話，
可以把尖角向後摺一點點。

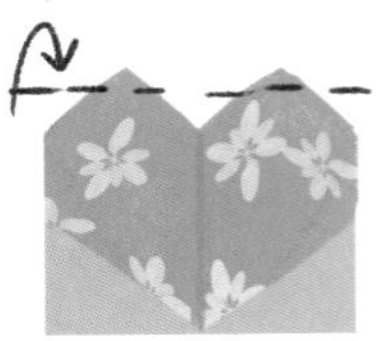

用同樣方法再摺三個愛心，
然後將四個愛心互相卡住，
就變成四葉幸運草囉！

Wuthering Heights

第 5 章

再次見面

兩個多月了，我們完全不知道那兩個私奔的人——希斯克利夫和伊莎貝拉的下落。

這段時間裡，凱薩琳的身體慢慢康復，並且懷了孕。

伊莎貝拉出走後大約六個星期，寄了一封短信給她哥哥，說她已經和希斯克利夫結婚了，還說當初這麼做是被迫的，現在就算後悔也來不及了。但是，埃德加並沒有回信。

又過了半個多月，我也收到一封長信。

親愛的奈莉：

昨晚，我已來到咆哮山莊。其實，在離開畫眉山莊二十四小時後，我的心就回去了，但我的身體卻無法跟隨我的心。所以，你們不必期盼我會回來了。

我需要問你兩個問題：

第一，當初住在這裡的時候，你如何和人保持著正常的感情交流？因為，我和身邊的人完全無法建立感情。

第二，希斯克利夫是個人嗎？如果是，他是不是瘋了？如果不是，他是不是魔鬼？我究竟嫁給了什麼東西？

咆哮山莊應該算是我的新家吧？但是這裡的生活條件很差，根本談不上舒適。

我走進髒亂不堪的廚房，發現爐火旁站著一個粗手粗腳的孩子，他的眼睛和嘴都有點像凱薩琳。那是凱薩琳的侄子吧！我猜想。

「親愛的，你好嗎？」我試著跟他攀談。「我們交個朋友好嗎？哈里頓。」

誰知他卻說，如果我不立即「滾開」，就要叫他那隻牛頭犬斯羅特來咬我。

我只好聽他的話，退到廚房外，然後先跟著約瑟夫到了馬廄，再請他帶我進屋去。

「關我屁事！我還有工作要做呢！」他邊說邊繼續做他的事，還用一種瞧不起人的神情，打量著我的衣著和容貌。

我只好繞過院子，來到另一扇門前。門開了，一個高大、瘦削的男人出現在我的面前。

「你是誰？到這裡來幹什麼？」他冷漠的問。

「我是伊莎貝拉．林頓。」我回答，「你見過我的，先生。不久前我嫁給了希斯克利夫先生，他把我帶到這裡。」

「這該死的小壞蛋居然說到做到！他在哪裡？」他往我身後的黑暗張望著，又自言自語的咒罵了一頓。

「我該睡在哪裡呢？」我忍不住哭了起來。

「約瑟夫會帶你到希斯克利夫的房裡。對了，晚上睡覺時，記得把門鎖好。別忘了！」他怪裡怪氣的說道。

「為什麼呢？恩蕭先生。」我問道。

他從背心裡掏出一把手槍，說：「每天晚上，我都會忍不住帶著這玩意兒上樓去推他的門，若是讓我發現門忘了鎖，他就完蛋了！我心裡有個魔鬼在逼著我殺掉他！」

「希斯克利夫有什麼地方得罪了你，讓你對他恨之入骨？」我又問。

「我把一切都輸給他了，他連一個翻本的機會都不給我嗎？難道他要讓哈里頓去做小乞丐嗎？啊！我一定要翻本，先要他的金子，再要他的鮮血，最後再讓他下地獄！」辛德利．恩蕭突然大發雷霆。

奈莉，你曾經對我講過恩蕭先生的種種行為，很明顯的，他已經處於瘋狂邊緣了。

後來，希斯克利夫回來了。我告訴他，我這麼晚了還沒有睡是因為，我們房間的鑰匙在他的口袋裡。沒想到「我們」這兩個字，竟然令他怒不可遏。

他詛咒說，那間屋子永遠不會屬於我，還告訴我凱薩琳病了，而且這都是我哥哥造成的，所以，在埃德加沒有遭受懲罰前，我就得代替哥哥受罪。

我恨他！我真是個白癡！

奈莉，我每天都期待著你的到來，不要讓我失望吧！

伊莎貝拉

看完伊莎貝拉的信，我馬上就去見主人。

「奈莉，你今天下午就可以去咆哮山莊看她。請跟她說，我沒有生她的氣，只是感到難過和遺憾，並且勸勸她嫁的那個混蛋，趕快離開這裡吧！」

我急忙來到咆哮山莊，眼前呈現的是淒涼、破敗的景象。伊莎貝拉那原本漂亮的臉龐，現在變得蒼白而憔悴，沒有打理的頭髮也亂糟糟的盤在頭上。

希斯克利夫一看見我進來，立刻站起來接待我。

「我的主人要我轉告小姐，不必期望他會寫信或是來探望她。他認為兩家人最好不要來往，這對大家都沒什麼好處。」我說道。

伊莎貝拉聽了，嘴唇微微抽搐了一下，然後默默坐回窗前的座位。希斯克利夫則開始詢問起凱薩琳的病情。

「凱薩琳小姐的命算是保住了，如果你真的關心她，就應該離開這個地方。還有，我們家的伊莎貝拉小姐真是可憐，看她的樣子，就知道她缺少關愛，而我很清楚這是誰造成的。」我難過的說。

「我們新婚的第二天早上，她就哭鬧著要回娘家去。我費了不少勁才讓她明白，我一點都不愛她！今天早上，她向我宣布，說她恨我！她居然幻想著我能愛她，簡直就是癡人作夢！」希斯克利夫說道。

「奈莉，答應我！在我哥哥或凱薩琳面前，千萬不要提及希斯克利夫那些無恥的話，他還說娶我是為了對付埃德加。他休想！我寧願死也不會讓他得逞！」伊莎貝拉痛苦的對我說。

「伊莎貝拉，既然我是你的合法保護人，你就得在我的監管下生活。」接著，希斯克利夫轉向我，說：「奈莉，我要見凱薩琳！到了畫眉山莊後，我會通知你，你幫我把風，直到我離開。」

我強烈反對他的主意，我絕對不能出賣我的主人。

唉，洛克伍德先生，我一直跟他吵，最後他還是逼得我不得不答應。我這麼做，究竟是對還是錯呢？

過了幾天，希斯克利夫趁埃德加不在，來到畫眉山莊。

他逕自大步走到屋裡，來到凱薩琳身邊，一把將她緊緊的摟在懷裡。

「為什麼你從前看不起我？為什麼你要欺騙自己呢？凱薩琳，既然你曾經愛過我，又有什麼權利棄我而去呀？你竟然還選中了埃德加？無論上帝或魔鬼加給我們什麼磨難和痛苦，都不能把我們分開！」

凱薩琳啜泣的說道：「如果我曾經做錯事，就要為此付出代價。你也曾經拋棄過我，可是我並不想責怪你。」

他們沒有再說話，沉默的互相擁抱，兩個人都在哭泣。

這時候，我發現埃德加回來了，便大聲警告他們：「主人回來了！希斯克利夫，你快走吧！」

「我一定得走了，凱薩琳。」希斯克利夫說。

「我不讓你走！」她回答。於是，他們又緊緊擁抱在一起。

這時，埃德加的腳步聲越來越近了，我嚇得要命，額頭上直冒冷汗。

「別聽她說瘋話了，她已經精神錯亂，連自己在說什麼都不知道！」我狠狠的告訴希斯克利夫。正當我處於極度驚恐的狀態時，凱薩琳的手臂無力的從他的脖子滑落下來，頭也垂在胸前。

埃德加這時衝了進來，他表情驚愕又憤怒的撲向希斯克利夫。沒想到，希斯克利夫把那個看起來已經沒有一點生命跡象的軀體，往他懷裡一送，立刻制止了一場即將到來的可怕災難。

「除非你是一個惡魔，否則就先救她再跟我說話！」希斯克利夫對埃德加說。

我們用了各種方法，好不容易才讓凱薩琳甦醒過來。可是，這次她徹底瘋了，她只是連聲的歎氣、呻吟，完全不認得任何人了。

那天晚上，小凱薩琳——也就是你在咆哮山莊看到的那個女孩——凱西出生了。

兩個鐘頭過後，母親死了。

Wuthering Heights

第6章

新的陰謀

舉行葬禮的那一天，伊莎貝拉回來了。

可是，她的一隻耳朵下面有道很深的傷痕，還有張被抓破的、打得瘀青的臉……

「他一定會來這裡找我，還會找我哥哥麻煩。我不會待太久，只是暫時來這裡躲避一下。」

我問她究竟發生了什麼事，打算去哪裡？

「我應該留下來陪伴埃德加，幫他照顧孩子，畫眉山莊是我真正的家呀！可是希斯克利夫絕對不會讓我在這裡住下來。他恨我！」

伊莎貝拉用發抖的聲音敘述著：

昨晚他回來時，廚房的門閂已經插上，他想從正門進來。這時，坐在我對面的辛德利說：「我要讓他在外面待五分鐘，你不會反對吧？」

「不會。」我回答，「把他關在門外吧！」

就在希斯克利夫到達正門時，辛德利把大門鎖上，我看見他眼裡燃燒著憤怒的火焰。他說：「你和我都跟門外那個人有一大筆帳要算！我們可以聯合起來。」

辛德利拿著一把刀，又從懷裡掏出一支槍，然後準備吹滅蠟燭。我把蠟燭搶了過來，並抓住他的手臂，說：「把他關在門外就好！」

「不！凱薩琳已經死了，再也沒有人會為我痛心。」辛德利激動的說。

我攔不住他，唯一的辦法就是跑到窗前警告希斯克利夫。

「今晚你到別的地方去吧！如果非要進來，辛德利會一槍打死你的。」說完我就關上了窗。這時候，「砰」的一聲，希斯克利夫一拳把窗子打壞了，但是窗上的木條太密了，他的肩膀擠不進來。

「伊莎貝拉，讓我進來！」他衝到打壞的窗前，從辛德利手裡把槍奪了過去。槍聲響起，刀子正好刺進辛德利的手腕。希斯克利夫撿起一塊石頭，把窗子的木條敲斷，跳了進來。辛德利因為大量失血和劇烈的疼痛，已經倒在地上昏迷

不醒了，那個混蛋卻凶狠的踢他、踩他，還把他的頭往石板地上撞。

「你和他串通好來對付我的吧？」說完，希斯克利夫抓住我死命的搖晃。幸好約瑟夫趕了過來，他才丟下我們走了。

隔天，我又說了一些惹惱他的話，他抓起餐刀就往我頭上扔，刀子正好刺進我的耳朵下面。我跑到門口，看到他向我猛衝過來，趕緊拔腿就跑，拚了命的逃離咆哮山莊！

說完這些話之後，伊莎貝拉就離開畫眉山莊，再也沒有回來。她逃走幾個月後，生了一個兒子，取名林頓。她在信中說，這個孩子一出生就體弱多病，而且非常任性。

後來，希斯克利夫打聽到她的住處，還知道了那個孩子的事，不過他沒有去找她。

「如果有一天我想要他，」他說，「她就得把孩子給我。」

辛德利．恩蕭在他妹妹去世後不到六個月，也跟隨她而去了。他是喝得醉醺醺過世的，好像才二十七歲吧？

我提醒埃德加，哈里頓．恩蕭是他妻子的侄兒，他應該做孩子的監護人，也必須去過問一下遺產的情況。當時，他根本沒有心思料理這些事，便吩咐我去和律師談。

「哈里頓的父親早就把全部財產抵押了，死的時候負債累累。」律師說。

希斯克利夫本來只是租屋住在咆哮山莊的房客，如今卻成了那裡的主人。律師說，因為沉迷賭博，辛德利名下所有的不動產都抵押給希斯克利夫了。就這樣，哈里頓原本應該是這一帶數一數二的紳士，現在卻只能寄人籬下，在自己家裡反倒成了一個僕人。

凱薩琳的女兒凱西在十三歲前從沒獨自走出過畫眉山莊，對她來說，咆哮山莊和希斯克利夫先生都是不存在的。

伊莎貝拉在離開丈夫之後，還活了十二年多。有一天，她寫信告訴哥哥，她病了，看樣子是好不了了，所以想要把兒子小林頓託付給他。埃德加沒有猶豫，立刻動身去倫敦；臨走前，他要我小心的照顧凱西。只是，他沒料想到，凱西會獨自一人跑出去。

一天早晨，凱西對我說，她要妝扮成一個阿拉伯商人，帶著她的商隊穿越沙漠。我叮囑她騎馬不要騎得太快，還要早點回來。到了吃下午茶的時間，沒看到她，於是我親自去找。我急急忙忙走了一英里又一英里，看見了咆哮山莊，可是仍然沒有凱西的身影。

我來到山莊大門前，拚命的敲門。一個女僕開了門，說：「你是來找你家小姐的吧！別擔心，她好好的在這裡呢！還好不是主人回來了。」

「他不在家？」我氣喘吁吁的說。

「放心吧！他不在。」女僕回道。

我走了進去，看見凱西坐在壁爐邊的一把椅子上搖來搖去，和哈里頓有說有笑。哈里頓現在已經是一個高大、強壯的十八歲小夥子了。

「我的小姐！在你爸爸回來前，你別想再騎馬出去了。我再也不會相信你，決不會讓你跨出家門一步！」我大聲嚷道。

「奈莉！你以前來過這裡嗎？」她高興的叫起來。

「把你的帽子戴上，趕快回家去！」我說。

「我做了什麼啦？你幹麼對我發脾氣？」凱西哭了起來。

「迪恩太太，她原本打算騎著馬往山裡去，又怕你不放心，是我們叫她停下來的。」那女僕說。

「凱西小姐，要是知道這房子的主人是誰，你會巴不得趕快離開這裡呢！」

「是你父親的房子嗎？」她轉身去問哈里頓。

「不是。」哈里頓窘得滿臉通紅。

「那你的主人是誰？」凱西又問。

哈里頓的臉漲得更紅了，他含糊的低聲咒罵了一句，轉過身去。

「他的主人是誰？他一直都說是『我們的房子』、『我們家的人』，我還以為他是這家主人的兒子呢！而且他沒稱呼我『小姐』，如果他是僕人，應該這樣稱呼我的，對吧？」

我悄悄的搖搖凱西，示意她別問了。

「把我的馬牽來吧！」她就像在對一個馬夫說話。

「要我當你的僕人？你下地獄去吧！」哈里頓吼叫起來。

「你說什麼？」凱西吃驚的問。

「行啦，凱西小姐！」我插嘴說，「別跟他鬧了。來，我們自己牽馬回家。」

「他怎麼敢這樣跟我說話？」凱西又驚又氣。

「小姐，雖然哈里頓先生不是主人的兒子，可是他是你的表哥啊！」那女僕回答。

「他？我的表哥！不，我爸爸到倫敦接我的表弟去了，他是一個上等人的兒

子。」凱西一想到和這樣一個粗野的人有親戚關係，氣得忍不住大哭起來。

「別哭了！誰沒有好幾個表哥、表弟呢？如果他們品行不好，不和他們往來就行了。」我輕聲安慰著。

「他不是我的表哥！奈莉。」凱西悲傷的說。

我費了好多唇舌，才讓凱西答應不把今天的事告訴她父親。我對她說，她爸爸非常討厭咆哮山莊的人，如果知道她去過那裡，他會很難過。

不久，主人寄來一封信說，伊莎貝拉死了，要我替凱西準備喪服，還要為他的小外甥準備一個房間。

凱薩琳聽說爸爸要回來了，高興得又唱又跳，還把這位「真正的」表弟想成是優點很多的人，而且越想越得意。

幾天後，主人帶著小林頓回來了，他是個面色蒼白又嬌弱的男孩子。用完茶點，我把孩子帶上樓去睡覺。這時，約瑟夫來拜訪主人。

「希斯克利夫派我來要回他的孩子，我一定得把他帶回去。」

「告訴希斯克利夫先生，他的兒子上床睡了，明天他就會去咆哮山莊。你可以轉告他，小林頓的母親希望我來撫養他，而且他目前的健康狀況令人擔憂。」主人平靜的回答。

「不行！希斯克利夫才不在乎那個女人跟你說了什麼，我現在就要帶他走。」約瑟夫的態度很強硬。

「今晚不行！」林頓先生堅決的說，並一把將約瑟夫推出門外，隨手關上了大門。

「明天他自己來帶孩子，看你敢不敢把他推出去！」約瑟夫大聲嚷著。

心理測驗好好玩

你有多愛記仇呢？

Q　週末到遊樂園玩，剛好遇到綜藝節目錄影，需要找遊客搭檔玩遊戲。真是太有趣了！如果可以選擇，下列哪種遊樂設施，你絕對不會想要參與？

□ A 雲霄飛車

□ B 旋轉木馬

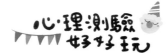

□ C 鬼屋

□ D 海盜船

□ E 摩天輪

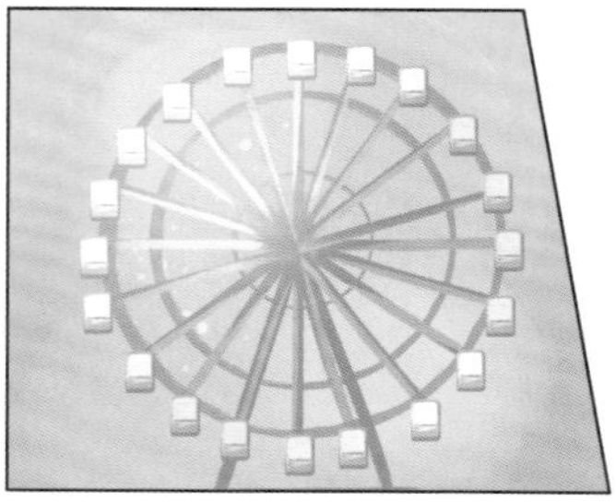

A 雲霄飛車

你是一個「今日事、今日畢」的人，只要一受到壓力或委屈，一定馬上處理，絕不會拖延到隔天。你認為人生中還有更多精采的人事物等著你體驗，不必為了一時的不愉快影響了心情。

B 旋轉木馬

表面看起來大方不計較，但其實你還滿會記仇的，尤其討厭被人占便宜。一旦被人欺負，就很難忘記，一想到就會忍不住拿來碎念一番，恨不得全世界的人都知道誰曾經對不起你。

C 鬼屋

你是個會記仇的人，但不會記太久。受到欺負或打擊的當下會非常氣憤，可是脾氣來得快也去得快；你通常不會立刻還擊，甚至吃個東西之後就忘了。你常會遇到替你打抱不平的人，也常得到別人的同情與幫助。

你是什麼樣的人呢？
快來看解析吧！
那⋯⋯
我是什麼人呢？

D 海盜船

記仇王的頭銜非你莫屬！嘴巴上都說「沒關係，我知道你不是故意的」，但其實心裡超級在意，連小時候得罪過你的人也記得一清二楚。你會等到有朝一日可以出氣的時候，再全部發洩出來。

E 摩天輪

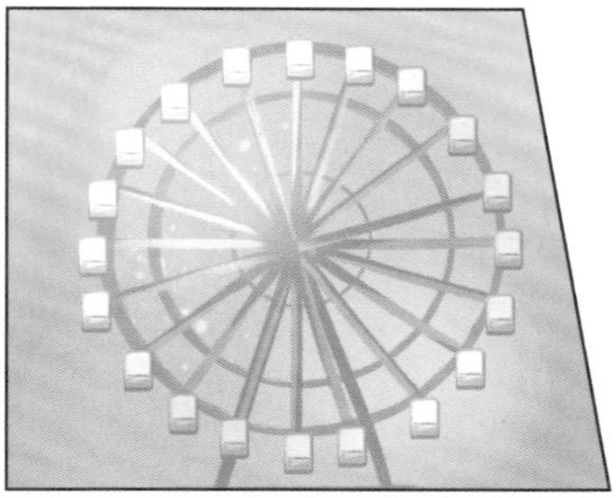

你認為記仇實在是太小氣了，你覺得自己不是記仇，而是在主持正義，因此別人的所作所為你都會記住，但是通常很快就不放在心上，總是有了新仇就忘了舊恨，時間一久，你連當時對方到底得罪了你哪裡，你也都不記得了。

Wuthering
咆哮山莊 Heights

Wuthering Heights

第7章

被安排的戀情

埃德加一大早就派我把孩子送到咆哮山莊。

希斯克利夫一直盯著他的兒子，把小林頓嚇得渾身發抖。

「真沒想到他會糟糕到這種地步！一點都不像我。」希斯克利夫嚷道。

凱西盼著起床後和表弟一起玩，沒想到他已經離開。她嚎啕大哭起來，埃德加只得騙她說，小林頓不久就會回來。

我偶而會遇見咆哮山莊的那個女僕，她說小林頓的身體還是很虛弱，很難伺候，希斯克利夫先生越來越不喜歡他了。

日子一天天流逝，凱西小姐快十六歲了。某天，我陪著她到荒原上走走。

「我要去看紅松鳥的巢搭好了沒。」

「那要走很長的路啊！」我說。

「我以前和爸爸一起去過，很近呢！」凱西說。

我們不知走過多少小山和斜坡，最後，她走進一個山谷。我看見她被兩個人抓住，其中一個是希斯克利夫。

這裡的土地屬於希斯克利夫，他正在大聲訓斥闖入的小偷——凱西。

「我爸爸告訴我，這裡有很多鳥蛋，我只是想看看。」凱西解釋著。

希斯克利夫看了我一眼，他已經認出她是誰，臉上浮起一抹不懷好意的微笑，問：「你爸爸是誰？」

「畫眉山莊的林頓先生。你又是什麼人？」說著，凱西指著哈里頓：「那個人我以前見過，他是你兒子嗎？」

「不是。不過我有一個兒子，你們還見過面呢！要不要到我家休息一會？」

我告訴凱西不能接受邀請，她卻大聲質問：「為什麼？我累了。再說，他說我跟他的兒子見過面！」

「哈里頓，陪這女孩往前走吧！」他們走後，希斯克利夫低聲對我說：「我就是要讓她去看小林頓，就是要這對表姊弟相愛，然後結婚。這麼一來，林頓死後財產都會歸我，凱西什麼都沒有。」

我們進屋時，小林頓正站在壁爐邊。

「看，那是誰？」希斯克利夫轉身問凱西。

「你的兒子？」她疑惑的說。

「是的，你是第一次見到他嗎？小林頓，你不記得你的表姊啦？」

凱西驚喜交加，說：「那就是小林頓嗎？那麼，你是我的姑丈囉！以後我要天天散步到這裡來。可以嗎？姑丈。」

「當然可以。不過，我得先告訴你，林頓先生和我吵過架，他一定不會准許你來。」希斯克利夫說。

「你們為什麼吵架呢？」凱西問。

「他認為我窮，不配娶他的妹妹！」

「那我就不來了，讓小林頓到我家來好啦！」

「太遠了！想要我的命嗎？你到這裡來吧！」小林頓咕噥著。

希斯克利夫看了兒子一眼，眼神充滿蔑視。

「奈莉，我的心血要白費了。一旦凱西發現他一無是處，立刻會把他扔到一邊去。」他對我嘀咕道。然後轉頭對兒子說：「小林頓！帶你表姊到附近看看吧！」

「你不覺得待在這裡更好嗎？」小林頓問凱西。

希斯克利夫站起來，大聲喊著哈里頓：「你陪她到山莊周圍轉轉。」隨即又對小林頓說：「站起來，你這個懶惰的孩子！快去追他們。」

小林頓強打起精神，離開了爐火。他走出門時，凱西正在問哈里頓，門上刻的是什麼。

「我不會念。」哈里頓回道。

小林頓笑出聲來，「哈哈！他不識字，真是個大笨蛋！」

「他沒什麼毛病吧？」凱西嚴肅的問。「我問過他兩次話，他每次都是一副蠢樣。」

「我表姊以為你是個傻子呢！」小林頓輕蔑的嘲笑哈里頓。

「哼！幸虧你像個女孩，不然我早就把你打倒在地了！」這個鄉巴佬不甘示弱的回敬小林頓一句，怒氣沖沖的走開了。

回到畫眉山莊隔天，凱西把出遊的經過都對父親說了。

埃德加問凱西，知不知道為什麼他要隱瞞小林頓的事，她回答：「因為你不喜歡希斯克利夫先生。」

「不，是希斯克利夫先生不喜歡我。他喜歡毀掉他所憎恨的人，因為我的緣故，他一樣也會憎恨你。」

「希斯克利夫先生說，我隨時可以到他家去玩，只是不能告訴你，因為你跟他吵過架，不能原諒他娶了伊莎貝拉姑姑。」凱西說。

於是，埃德加把希斯克利夫怎樣對待伊莎貝拉，以及咆哮山莊又是怎樣變成

了他的產業，大致說了一遍。凱西聽完後大為震驚。

當晚，凱西跪在床邊哭泣。「奈莉，小林頓盼著我明天去看他，他要失望啦！」

「他才不會把你放在心上呢！」我說。

「我可不可以寫個便條給他呢？」凱西問。

「不行。」

最後，她還是寫了信，透過一個送牛奶的人偷偷送到咆哮山莊去。

有一天，我發現凱西的抽屜裡有一大堆小林頓寫給她的回信，於是把信全都拿走。

「奈莉，千萬不要告訴爸爸。我再也不敢了！」凱西啜泣著，彷彿心都碎了。

「我從來沒想過會愛上表弟，直到……」

我大聲嚷道：「愛！你這輩子和小林頓才見過兩次，加起來還不到四個鐘頭呢！如果我同意把信燒掉，你能保證以後不再和他來往嗎？」

「我答應！奈莉。」

十月的一個下午，我陪凱西外出散步。我們來到一扇通往大路的門前，她爬上圍牆，坐在牆頭上。不料帽子掉落在圍牆外的大路上，由於門已上鎖，她便爬下去撿。

「奈莉，你得去拿鑰匙，我從這邊爬不上圍牆！」凱西說。

這時，我忽然聽到一陣由遠而近的馬蹄聲。

「是誰？」我低聲問。

「嗨，凱西小姐！很高興遇見你。別急著進去，我要問你一件事。」牆外傳來一個男人的聲音。

「我不跟你說話，希斯克利夫先生，爸爸說你是一個惡毒的人！」凱西回答。

「兩、三個月前，你不是拚命寫信給我兒子嗎？現在玩膩了，就一腳把他踢

開嗎？他為了你都快死啦！除非你去救他！」希斯克利夫說。

「你怎麼能編造出這麼下流的謊話？凱西小姐，我用石頭把鎖砸開！」我在牆內大喊。

「想不到還有人偷聽呢！凱西小姐，接下來的一個禮拜我都不在家，你自己去看看我說的是不是謊話吧！」希斯克利夫說。

鎖砸開了，我衝了出去。回家路上，凱西說：「我一定要告訴小林頓，不回信不是我的錯，我還要讓他知道，我是不會變心的。」

我聽了氣憤不已，那天晚上我們不歡而散。第二天，我們卻走在通往咆哮山莊的路上……

「真的是你？爸爸說過你會來！你為什麼那麼久都不來看我？」小林頓沒完沒了的一直咳嗽，還發著燒。

「只要我爸爸同意，我就來陪你。你真漂亮呀！多希望你是我弟弟！」凱西

溫柔的說。

「可是我爸爸說，如果你是我的妻子，你就會愛我勝過愛你父親。我寧願你做我的妻子。」小林頓心情愉快了一些。

「不，我對任何人的愛，永遠不可能超過對爸爸的愛！世上有的人會恨他們的妻子，可是並不會恨他們的兄弟姊妹。」凱西嚴肅的說。

小林頓否認有人會恨他們的妻子，凱西卻堅信有這樣的人，而且還舉了小林頓的父親把他母親當成仇人的例子。

小林頓聽了非常生氣，一口咬定她說的全是謊話，還說：「我也要跟你說，你的母親恨你的父親！」

凱西大聲叫嚷起來，氣憤得說不出一句話。

「而且她還愛著我的父親呢！」小林頓又補充了一句。

「說謊的傢伙！」凱西氣呼呼的回嗆，還猛推小林頓的椅子，他倒在扶手上，劇烈的咳嗽起來。

「很抱歉傷了你，小林頓。我沒想到那麼一推你就會受傷！疼嗎？」凱西焦急的問。

「我不會再跟你說話了！」小林頓說。

「你希望我走嗎？小林頓。」

「一聽到你的聲音我就覺得煩。」

凱西只好向門口走去，我則跟在後面。這時，小林頓突然發出一聲尖叫，從椅子上跌落到壁爐前，還耍賴似的在地上打滾。我一眼就看穿了他的把戲，沒想到凱西卻急忙跑過去跪在他身邊，哭喊著要他消消氣。

「我們應該和好了。你希望再見到我嗎？」凱西問。

「我希望你來看我。」小林頓不耐煩的回答。

Wuthering Heights

第8章

控制

三個星期後的某一天晚上，凱西從客廳的落地窗外翻進來，躡手躡腳的上樓時，我正站在她的房間裡等她。

「你到哪裡去了？」

「我去咆哮山莊了！我答應小林頓要去看他。奈莉，求你不要告訴爸爸！」

我走出房間，把事情全都告訴了主人。

埃德加沒有多說什麼，但看得出他很著急，也很痛苦。他答應寫信給小林頓，讓他開心時來畫眉山莊走走，但不允許凱西再偷跑去咆哮山莊見他。

「奈莉，我侄兒現在怎麼樣？」

「他弱不禁風，恐怕還等不到成人那一天就會夭折了。」我說。

「我有不祥的預感！我擔心小林頓只是希斯克利夫實施報復計畫的工具，我不能眼睜睜看著心愛的女兒落入他們手中。」

春天的腳步一天天接近，埃德加的身體也一天天衰弱。他寫信給小林頓，友

好的表示想和他見面。

那個小子在父親授意下回了一封信，還說父親不同意他來畫眉山莊，不過仍然很高興舅舅想到他，希望舅舅不要反對他和凱西的交往。

埃德加對那孩子的遭遇雖然深表同情，仍然沒有答應他的要求。事實上，小林頓信上寫的都不是他的真心話，而是希斯克利夫的意思。

盛夏，埃德加終於同意讓兩個苦苦盼望的年輕人見面。小林頓看上去病懨懨的，連走路的力氣都沒有。

「小林頓，你的病情是不是更嚴重了？」凱西問。

「不⋯好一點⋯⋯好一點了！」小林頓喘著氣說道。

小林頓本來是愛耍小脾氣的男孩，現在卻成了一個臉色難看、愁苦又憂鬱的病人。凱西看出我們的陪伴對他像是一種折磨，毫不猶豫的說想回去了。小林頓激動不安的瞥了一眼咆哮山莊，懇求凱西無論如何也要再待半個鐘頭。

「你在家裡會比較舒服。要是我能逗你開心，我非常願意為你留下，可是我無能為力了。」

「別告訴舅舅我的健康狀況很差，好嗎？」

「那要說你身體健康嗎？我說不出口。」

「下星期四你能再來嗎？」小林頓避開凱西的眼光，說：「替我謝謝舅舅。還有，萬一你碰見我父親，千萬別說我像個傻瓜似的不吭一聲，他會生氣的。」

「他生氣和我有什麼關係？」凱西大嚷。

「可是和我有關係啊！」小林頓露出害怕的神色。

「他對你很凶嗎？希斯克利夫少爺。」我忍不住問。

小林頓看著我，沒有回答。

埃德加的身體一天比一天糟，短短幾個月就急速惡化。凱西天天守著父親，片刻也不離開。

埃德加一直有個想法：既然小林頓長得像他，性格一定也相差不遠。從那些信來看，小林頓的脾氣、性格並沒有什麼不好。

八月，一個美麗的下午，我們在上次的地方又見了小林頓。他上氣不接下氣的對凱西說：「舅舅病了，我以為你們不來了呢！」

「那你為什麼把我拖出來？我可不是讓你耍得團團轉的傻瓜！」

「我沒有耍你！我是個沒出息的可憐蟲，你別恨我、瞧不起我，就算是抬舉我了。」

「滾開！我要回家！」凱西徹底發火了。

小林頓哭成淚人兒，嚇得撲倒在地上，身子不停抽搐。「求求你不要離開我，如果你答應……那麼，他會讓我死的時候和你在一起。」

「答應什麼？」凱西問。

「我怕他！我不敢說出真相。」小林頓喘著氣說。

「既然這麼怕，那你就守口如瓶吧！」

小林頓一個勁兒的哭，依然沒有勇氣吐出一個字。這時，希斯克利夫走了過來。「看到你們離我的山莊這麼近，我真是高興！外面傳言說，埃德加的病沒救了？」

他瞥了那兩個年輕人一眼，小林頓嚇得不敢動彈，凱西看見小林頓驚慌失措的樣子也呆住了。

「要是他舅舅可以早一點完蛋，比他早走，就太合我意了。再過一、兩天，這個小畜生也要徹底倒下去了。小林頓！你給我站起來！」希斯克利夫不耐煩的揪住小林頓的衣領，把他提起來扔到草叢邊的泥溝裡。

小林頓膽怯的撐起身子，說：「我盡力照你的吩咐做了。真的，我一直開開心心的和凱西在一起，不信你問她。」

「凱西小姐，你看，我在他眼中活像一個魔鬼，還把他嚇成這樣。現在，勞煩你陪我把這個沒用的東西送回家，怎麼樣？」

凱西對小林頓抱歉的說：「對不起，我答應過父親不踏進咆哮山莊一步。別害怕，你父親不會傷害你的。」

「不，我永遠不進那地獄般的屋子！沒有你陪我，我不想再走進去。」

我和凱西最後還是不忍心，同意一起把小林頓送回咆哮山莊。

凱西扶小林頓進屋時，我站在門外等著。這時，希斯克利夫把我往屋裡推，關上門，然後上了鎖。我心裡一驚。

「先吃點茶點再走吧！家裡只有我一個人。」希斯克利夫說。

「我才不怕你呢！把鑰匙給我！」凱西大嚷。

希斯克利夫把放在桌上的鑰匙捏在手裡。凱西那股狠勁、那種聲調和眼神，讓他想起了她的母親。

「聽著，凱薩琳．林頓，站到一邊去，不然我一拳把你打倒在地，嚇死奈莉。」

凱西不理會希斯克利夫的警告，還用力去扳他的手指，想把鑰匙搶過來。他一下就把她按在自己的膝蓋上，狠狠的打她的腦袋。看到這個魔鬼對凱西下毒手，我立刻向他撲了過去。

「你這個惡魔！」我大聲叫喊。希斯克利夫揮手往我胸口上打了一拳，凱西從他的魔掌中逃脫，伏在桌子上發抖。

「凱西，你聽著，明天我就會是你的父親！再過幾天，也會是你唯一的父親！你以後的日子將會過得暗無天日。」希斯克利夫得意的說。「我現在就出去找你們的馬。」

凱西撲到我跟前，放聲痛哭起來。小林頓像隻受驚嚇的小老鼠，一動也不動。

「希斯克利夫少爺，你父親到底想做什麼？快說，不然我賞你幾巴掌。」我說。

「你要是還有點良心就快說吧！」凱西也說道。

「他要我們結婚。他想趁我沒死前，讓我們結婚。所以，今晚你得待在這裡，我們明天早上結婚。如果你聽他的，就可以回家，還可以把我也帶走。」

「你？結婚？把你也帶走？你以為這樣一個漂亮、健康、活潑又可愛的女孩，會嫁給你這個要死不活的小猴子？你休想！」我說。

「奈莉，我要燒掉那扇門，我要出去。」凱西說。

小林頓慌張的伸出瘦弱的雙手抱住凱西，哭個不停：「你忍心扔下我不管嗎？你不讓我到畫眉山莊去嗎？那可是我唯一的生路啊！求求你，一定要聽我爸爸的話啊！」

「我得聽自己爸爸的話。我待在這裡一整夜，他一定會急死的。我愛爸爸勝過愛你！」凱西堅決的說。

兩個人糾纏不清的時候，那個把我們禁閉起來的人又回來了。

「真遺憾！你們的馬跑掉了。小林頓，你又哭啦？今天的事你辦得不錯，剩下的讓我來處理。」說完，他打開門讓兒子出去，然後再次鎖上。

「希斯克利夫先生，我會嫁給小林頓，我相信我父親也會答應。我本來就愛小林頓，我會心甘情願做他的新娘，你為什麼要用這種方式來逼迫我呢？」

「一想到你父親在病床上著急的樣子，我就快樂極了。既然你答應嫁給小林頓，事情辦完後我自然會讓你走的。」

「你可以把我留在這裡，但是請讓奈莉回去報平安！我父親一定以為我們失蹤了！」凱西邊哭邊喊。

天色漸漸黑了，我聽見花園的柵門旁有人在說話。

「是畫眉山莊派來找你們的三個僕人，已經走了。你們本來可以打開窗子大叫，現在沒機會了。」希斯克利夫說。

我們難過得大哭起來。

隔天早晨，希斯克利夫把凱西拉了出去，我正打算跟出去，他卻把門鎖上了。

我在那個房間裡被關了五個夜晚、四個白天。

知識加油站

咆哮山莊與勃朗特三姊妹

提到英國小說，不可不提到勃朗特三姊妹：夏綠蒂．勃朗特、艾蜜莉．勃朗特和安妮．勃朗特。

三姊妹出生於英國北部約克郡山區的一個窮苦牧師家庭，並於 1847 年同時出版了個人的第一本著作：夏綠蒂．勃朗特的《簡愛》，艾蜜莉．勃朗特的《咆哮山莊》，以及安妮．勃朗特的《荒野莊園的房客》；當時以《簡愛》得到最大的關注與成功。

艾蜜莉．勃朗特不幸於隔年逝世，《咆哮山莊》也成為她一生中唯一的一本作品。故事中的咆哮山莊，就是勃朗特姊妹成長的故居——位於西約克郡的偏僻山中小鎮豪沃斯。

多觀察身邊的人事物，勤加練習寫作，

你也有機會像勃朗特三姊妹一樣，
創造出自己獨一無二的故事喔！

Wuthering Heights

第 9 章

凱薩琳的幽靈

第五天下午，房門被打開了，是女僕齊拉。

「迪恩太太，吉姆屯到處都流傳著，你和你家小姐掉到黑馬沼澤地裡了。主人告訴我，是他救了你，讓你暫時住在這裡休養。」齊拉激動的嚷著。

「你的主人是大混蛋！我要把真相告訴大家。」我怒氣沖沖的說。

「你胡說什麼？主人要我叫你快走，你家小姐隨後也會回去，應該來得及給她父親送葬。」

「埃德加先生還沒死吧？」我趕緊問道。

「我在路上碰見了坎尼斯大夫，他說，他還可以撐一天。」齊拉說。

我急忙跑下樓，小林頓躺在長椅上，正用他那雙冷冰冰的眼睛看著我。

「凱西小姐走了嗎？」我問他。

「她在樓上，我們不能放她走。爸爸要我對她狠一點，她是我的妻子，卻想要離開我。爸爸說她恨我，巴不得我快點死，好得到我的財產。她這輩子休想回家了！讓她去哭好了，就算病倒了也無所謂。」

「她連你將來有沒有錢都不知道呢！你受苦的時候，她可憐你，她受苦的時候你卻不可憐她！希斯克利夫呢？」

「他在院子裡跟坎尼斯大夫談話，大夫說舅舅快死了。我太高興了，我就要做畫眉山莊的主人了，爸爸說，凱西的東西都是我的。」

「你有辦法拿到房間的鑰匙嗎？」我問小林頓。

「誰也不知道鑰匙在哪！」他揚起眉毛說。

我決定趕快回去報信，再從山莊帶人來救小姐。一回到家，只見埃德加悲傷的躺在那兒，口中喃喃呼喚著凱西，一副等死的樣子。

我把我們怎麼被騙進山莊、被關起來的事說了一遍。埃德加猜想，希斯克利夫的目的是謀奪他的財產和畫眉山莊，好歸他的兒子所有，或者不如說是歸他自己所有。他不明白的是，對方為什麼不等他死了再下手？因為埃德加並不知道，他的外甥也不久人世了。

原本埃德加的遺囑上寫著，留給凱西的財產由她自己支配，現在又改為財產將移交給受託人。這樣他過世後，財產就不會落入希斯克利夫手裡了。

於是我派人去請律師，又派四個人帶著武器去咆哮山莊把小姐要回來。那個去請律師的僕人先回來，說格林先生還有點事，暫時走不開，他答應第二天早上會趕到畫眉山莊。

另外四個去找小姐的人也回來了，說小姐病得很重，無法走出房門，而且希斯克利夫不讓他們進門。我把那幾個蠢東西臭罵了一頓，他們居然相信這樣的謊話。

下午三點鐘左右，忽然傳來一陣急促的敲門聲，是凱西。

「奈莉！爸爸還活著嗎？」

我喜極而泣，「是的，他還活著！」

他們父女的最後一面，我真是不忍心看。埃德加是幸福的離開人世的，死得非常安詳。

不久，律師格林先生來到畫眉山莊。他已經先去了一趟咆哮山莊，並把自己

出賣給希斯克利夫，成了他的委託人。

凱西告訴我，她的痛苦激發了小林頓的良知，壯著膽找來鑰匙，放她走了。這時，希斯克利夫穿過院子，直接擺出一副主人的架子闖進畫眉山莊。凱西一看見他，就想往外面跑。他一把抓住她的手臂，說：「你要去哪裡？不管你喜不喜歡那小子，你都必須去照顧他，我要帶你回家。」

「為什麼不讓凱西留在這裡，把小林頓送過來？反正你恨他們兩個！」我替兩個孩子提出要求。

「我要把畫眉山莊租出去。再說，我得讓這丫頭學著做點事，要是小林頓死了，她還可以當個傭人來使喚。」希斯克利夫說。

「在這世上，小林頓是我唯一親愛的人了，我不會不管他，你休想達到讓我們彼此仇恨的目的。我知道他脾氣不好，但是我們互相愛著對方。而你，這個世上沒有人愛你，你孤孤單單一個人，死了也不有人會為你哭泣。」凱西說。

「你想在這裡多待一分鐘，我就會讓你悔恨不已！」說完，希斯克利夫走到林頓太太——凱薩琳的肖像前：「我要把這幅畫帶回去。昨天我叫教堂的守墓人把她的墳墓挖開，打開棺木，又看到了那張臉——我買通了那個守墓人，等我死了，就把凱薩琳的棺材挪開，將我安葬在她身邊。」

「去驚動死去的人，難道不怕遭報應嗎？」我喊道。

「是她在驚動我！這漫長的十八年，她像幽靈一樣，日日夜夜都在驚擾我，一直到昨天晚上看到她的屍體，我的心才終於平靜下來。我知道她在等著我！明天叫人把那幅肖像送來。」希斯克利夫吩咐我，又轉身對凱西說：「跟我回去！」

「再見，我的奈莉！」我親愛的小姐低聲和我道別。

之後，我再也沒有見過凱西。大約六個星期前，我遇見了齊拉，她說了很多咆哮山莊的事：

小希斯克利夫太太一踏進山莊，馬上跑到小林頓的房間，直到第二天早上。她說小林頓病得很厲害，要求請個大夫來看看。

主人卻說：「我可不願意在一個沒用的人身上浪費錢。」

「他真的快要死了！」小希斯克利夫太太說。

主人嚷道：「他的事我不想管，這裡沒人在乎他的死活。」

一天晚上，她怒氣沖沖的闖進我的屋子，說：「你去告訴希斯克利夫，他兒子馬上就要死了。」

我把她的話轉告主人，他聽了就邊咒罵邊走到小林頓房間去。

「他現在怎麼樣？」主人問。

「他解脫了，我也自由了。」她回答道。

我聽說，希斯克利夫給凱西看了小林頓的遺囑。他把所有的財產，連同原本屬於凱西的財產全給了他的父親，這一定又是在父親的逼迫下寫的。凱西現在一無所有了，沒有錢，沒有朋友，財產全落入希斯克利夫的口袋裡。

「每到星期天，約瑟夫和我都要上教堂。我告訴哈里頓，他的表妹等一下就會下來，聽我這麼說，他瞬間臉紅了，眼光落在自己那雙黑呼呼的手和髒兮兮的衣服上。」齊拉接著說：「迪恩太太，你可能覺得你家小姐是個高貴、典雅的女孩，我們哈里頓高攀不上，可是我就希望壓壓她那高傲的態度。現在她和你、我一樣窮，甚至比我們還要窮，她可是一分錢也沒有，而你、我還在努力賺錢。」

齊拉繼續說道：「太太走了進來，冷冰冰的。她發現櫃子裡有好幾本書，想伸手去拿，可是太高了，她拿不到。哈里頓猶豫了一下，還是鼓起勇氣幫了她。她沒有說謝謝，可是他心滿意足，因為她接受了他的幫助。於是他膽子大了起來，站到她身後和她一起看書，有時甚至伸出手對著書中幾幅他感興趣的插圖指指點點。

這時，太太『啪』一聲很快翻過那一頁，不讓他的手指碰到書，一副瞧不起

人的樣子。哈里頓往後退了一步，沒有再去看她的書。他的注意力漸漸集中在她那一頭又亮又濃密的頭髮上，他伸出手，輕輕撫摸一團捲起的金髮。這一摸可不得了啦！她猛然轉過身，生氣的嚷道：『你再靠近我，我馬上回樓上去。』她對誰都是凶巴巴的，甚至連主人都要頂撞，這分明是自己討打，而且她吃的苦頭越多，就變得越凶。」

迪恩太太的故事說到這裡就結束了。我打算去咆哮山莊告訴希斯克利夫先生，我想上半年住在倫敦，過了十月再搬回畫眉山莊。

咆哮山莊 Wuthering Heights

Wuthering Heights

第10章

救贖

我說過要去一趟咆哮山莊，今天真的出發了。

奈莉請我帶一封短信給她的小姐。我到的時候，凱西正在準備晚餐，我故意把迪恩太太的信掉落在她的膝蓋上。

「那是什麼？」凱西大喊，隨手把信扔掉了。

「你的老朋友——畫眉山莊女管家迪恩太太給你的信。」我回答她。

聽我這麼一說，她慌忙去撿那封信，但是不巧被哈里頓搶先一步，還說必須給希斯克利夫先生看。凱西難過的轉過頭去，哈里頓看到她這樣，又心軟的把信扔在她身邊的地板上。凱西趕緊撿起信，匆忙的看了一遍，然後問我畫眉山莊的情況。

「我很想回信，可是這裡沒有紙，連一本書都沒有，不然我還能從書上撕下一頁當信紙。」

「一本書都沒有？你在這裡的日子怎麼過呀？」我說。

「希斯克利夫先生從來不看書，也不讓別人看，他還把我的書全毀了。有一次，我在哈里頓房裡發現一個祕密藏書庫。哈里頓，你嫉妒我，所以給主人出了這個主意，搶走我那些心愛的書，對不對？」

哈里頓氣得滿臉通紅，結結巴巴的堅決否認。

「哈里頓先生是想增長知識，想迎頭趕上你呀！」我說。

「是的，我聽見他一個人偷偷的學拼音、念書，可是錯誤百出。」凱西說。

我記得迪恩太太說過，哈里頓從小不曾受過教育，於是我為他說話：「希斯克利夫太太，每個人在開始學習知識時都摔倒過，要是我們的老師只知道嘲笑我們，恐怕我們到現在還像他一樣呢！」

「我才不想阻攔他上進，可是他也沒有權利把別人的東西占為己有啊！再說，他讀書的樣子的確讓我感到好笑。」

哈里頓憤怒的離開屋子，再回來時，手裡拿著五、六本書。他走到凱西面前，把書全扔到她的膝蓋上，嚷道：「拿去吧！以後我再也不會去想這些書，更不會去聽、去念了！」

「我也不稀罕這些書了，一看見這些書就會想到你！」凱西回道。

哈里頓給了她一記耳光，然後把那些書統統丟進火裡。他的一番努力不僅沒有獲得一點點讚賞，反而傷害了他的自尊。他激動得一句話也說不出來，掉頭衝了出去。

這時，希斯克利夫回來了。他臉上流露出不安和焦慮的神情，好像也比以前消瘦、憔悴，這可是我從沒見過的。凱西看見他進來，馬上逃到廚房去，屋子裡只剩下我和他。我告訴他，下星期我要去倫敦，十二個月的租期到了之後，便不再續租了。

搬到倫敦後，一個朋友邀請我去打獵，去他家的途中，經過一個離吉姆屯不到十五英里的地方，讓我想再看看那久違的畫眉山莊。到達山莊後，只見一個老婦人靠在門檻上悠閒的抽著菸斗。

「迪恩太太在家嗎？」我問那個老婦人。

「她搬走了，住到咆哮山莊去了。」

「我是洛克伍德，這山莊的主人。我打算在這裡住一夜。」

「主人！誰料到你會突然回來呢？這屋子沒有一個地方是乾淨的，沒法接待主人啊！」老婦人大吃一驚。

我要她不用著急，我出去散步，讓她有足夠的時間收拾。出了門，我向著咆哮山莊邁進。

我的好朋友奈莉・迪恩坐在門口，她立刻認出我，高興得跳了起來。

「你怎麼搬到這裡來住了，迪恩太太？」

「你去倫敦後不久，齊拉就辭職了。希斯克利夫先生把我安排在這裡，想等你回來後再重新調整。」

「我這次來是想把租約的事做個了結。」我回答。

「哦！那你得找希斯克利夫太太商量。」

迪恩太太看我大吃一驚，解釋著：「我明白了，你還沒聽說希斯克利夫先生離開人世了。」

「希斯克利夫先生過世了？」這消息的確讓我震驚。

「三個月了，我會把來龍去脈都告訴你。」接著，迪恩太太開始說起後來發生的事——

你離開後不到兩個星期，我就被叫到咆哮山莊去了。

我發現，凱西每次看見哈里頓就馬上離開，不久，她開始自責，當初不應該用那麼尖酸刻薄的話來打擊他的上進心。於是她對哈里頓說：「要是你對我稍微熱情一點，不那麼粗暴、任性，我倒滿喜歡有你這麼一個表哥的。」

哈里頓根本不理會她。

「你聽見我說什麼了嗎？」凱西不耐煩的問。

「走開！」哈里頓大吼一聲。

「到底要怎麼做你才肯和我說話？我以前說你笨只是隨口說說，沒有瞧不起你的意思。你畢竟是我的表哥啊！」

「我和你無話可說！」哈里頓氣呼呼的回應。

「哈里頓，她已經後悔了。」我插嘴說：「讓她成為你的朋友，教你讀書、寫字，說不定能讓你變成另外一個人呢！」

「和她作伴？她恨我都來不及了！」哈里頓大喊。

「我哪裡恨你了？明明是你恨我呀！」凱西哭著說。

猶豫了一會兒，凱西湊過去，在哈里頓的臉頰上輕輕吻了一下。

我不清楚這一吻有沒有讓哈里頓體會到他表妹的一片真心，不過，等他把臉抬起來時，我看得出他心慌意亂，眼光都不知道放哪。他不知道咕噥了一句什麼，接著，我看見兩張笑逐顏開的臉龐。這兩個冤家已經盡釋前嫌，成為好朋友了。

有一天，希斯克利夫在沉思許久後，突然對我坦白說：「為了毀滅兩個家族，我用了一切手段。等到所有人都逃不出我的手掌心時，我卻發現自己的頑強意志消失了！我戰勝了仇人，而現在正是向他們的後人報仇雪恨的好時機，可是，我喪失了看著他們毀滅的興趣，也懶得去做那毫無意義的破壞了。還有，哈里頓的模樣太像凱薩琳了，他的臉總是讓我想起她。這世上有什麼能不讓我想起她呢？一切都在提醒著我，她存在過，而我卻失去了她！」

一天夜裡，希斯克利夫出了門，直到隔天早餐過後才回來。凱西說，他看起來興高采烈，神情和平常完全不一樣。

「那是夜裡出去散步，讓他感到高興吧！」雖然和她一樣吃驚，我仍裝作毫不在意。

我看見希斯克利夫站在房門口，臉色蒼白，渾身都在發抖。可是，他眼裡確實閃爍著一種奇異而快樂的光芒，使他整個面容都與以往不同。

那天下午，他獨自待在房裡。八點鐘時，雖然他沒有叫我，我還是幫他送一

支蠟燭和晚飯。

我說不清楚當時有多麼的震驚！他那對黑眼睛深深凹陷，慘白的臉和古怪的笑容毫無活人的氣息！我覺得，眼前的人不是希斯克利夫，而是一個妖魔鬼怪！

時間在焦慮不安中緩緩過去，又是一個夜晚的到來。我聽到希斯克利夫煩躁不安的在石板地踱來踱去，不時長歎一聲，自言自語，但我只聽出「凱薩琳」這個名字。

「天亮後去請格林來。我還沒有立遺囑，我沒辦法決定怎麼處理我的財產。」希斯克利夫說。

「遺囑的事先放一旁吧！瞧你這樣子，我從沒想到你會精神錯亂，但是你現在真是錯亂得離譜！」我說。

黃昏時分，他上樓待在臥室。整個晚上，我們都聽見他在痛苦呻吟，小聲的自言自語。

早晨，我鼓起勇氣進房看看——希斯克利夫仰著頭躺在那裡，一動也不動。

他死了！

雖然受到的傷害最深，可憐的哈里頓卻是唯一真正感到悲傷的人，他整夜守候在死者身旁，痛哭不已。

「那麼，凱西和哈里頓會搬到畫眉山莊去住嗎？」我問。

「是的。他們結婚後就過去。」迪恩太太說。

「那誰會住在這裡呢？」

「約瑟夫會留下來看管咆哮山莊！」

迪恩太太的故事說完了。

我在靠近荒原的斜坡上，找到了那三塊墓碑。

凱薩琳・林頓和
埃德加・林頓夫妻的墓碑下
已長滿青草和苔蘚，而希斯克利
夫的墓碑如今還是光禿禿的一片……

"He's more myself than I am. Whatever our souls are made of, his and mine are the same." — Emily Bronte, Wuthering Heights

思考動動腦

悲劇故事可以有不同結局嗎？

咆哮山莊可以說是一個令人傷心的悲劇故事。希斯克利夫的報復心，不但毀了兩個家族，也毀了他心愛的人和自己的幸福。如果你是希斯克利夫，你會和他採取一樣的手段嗎？或是換一個思維，讓故事有不同的結局？

我覺得原來的結局很棒啊！
太悲慘了！如果希斯克利夫不要報復就好了！
你也知道別報復比較好啊！

國家圖書館出版品預行編目 (CIP) 資料

咆哮山莊 / 艾蜜莉 ・ 勃朗特 (Emily Bronte) 原著 ;
晴天金桔編著 ; Niksharon 插畫 . - 初版 . -- 新北市 :
悅樂文化館出版 : 悅智文化發行 , 2020.09
160 面 ;17×23 公分 . -- (珍愛名著選 ; 7)
譯自 : Wuthering Heights
ISBN 978-986-98796-0-6 (平裝)

873.596 109009035

珍愛名著選 7

咆哮山莊 Wuthering Heights

原著 艾蜜莉 ・ 勃朗特 Emily Bronte
編著 晴天金桔
插畫 Niksharon

總編輯 徐昱
編輯 巫芷紜
封面設計 陳麗娜
執行美編 陳麗娜

出版者 悅樂文化館
發行者 悅智文化事業有限公司
地址 新北市板橋區板新路 206 號 3 樓
電話 02-8952-4078
傳真 02-8952-4084
電子郵件 sv5@elegantbooks.com.tw

戶名 悅智文化事業有限公司
郵撥帳號 19452608

初版一刷 2020 年 09 月 定價 280 元

Wuthering Heights